Gracias a todo el equipo de Didier Jeunesse
por su apoyo y su entusiasmo

G.B.

Para Arsène, ¡por supuesto!

R.B.

Traducido por Elena Gallo Krahe

Título original: *Loup gris et la mouche*

Edelvives Talleres Gráficos. Certificado ISO 9001
Impreso en Zaragoza, España

ISBN: 978-84-140-0981-9
Depósito legal: Z 615-2018

EL LOBO GRIS Y LA MOSCA

Gilles Bizouerne | Ronan Badel

EDELVIVES

Hoy el lobo gris ha comido de maravilla.
Se ha tumbado a la sombra de un árbol,
para dormir una siestecita.

De repente: **¡BZZZ, BZZZ!**

El lobo gris aguza el oído…

pero no oye ningún ruido.

Y se vuelve a dormir.

¡BZZZ, BZZZ!

El lobo gris mira alrededor, abre la boca y…

¡CLAC, CLAC!

¡Mosca tragada y devorada!

Esa tarde, como todas las tardes,
la jauría se reúne en la cima de la montaña.

—¡AUUU! ¡AUUU!

Es el aullido de los lobos.

El lobo gris eleva el hocico y canta con sus hermanos:

—¡BZZZ-AUUU!
¡BZZZ-AUUU!

La jauría entera estalla en una carcajada,
menos el jefe de la banda, que le echa una mirada amenazante:

—Lobo gris, ¿qué es esa voz tan ridícula?

—No zé, Zeñor. Zeguramente ez por la mozca
que me he tragado ezta mañana.

—Lobo gris, en mi manada no quiero lobos que ceceen.
Si quieres conservar tu sitio en la jauría,
deshazte de la mosca. ¡Vete!

—Dezcuida, Zeñor. Ezto lo zoluciono yo
en un periquete. ¡Me encargo ya mizmo, Zeñor!

El jefe grita furioso:

—Y deja de llamarme «Zeñor».
Se dice «Señor», ¿está claro?

—Clarízimo, Zeñor. Digo... Lo ziento, Zeñor.
¡Oh, no! ¡Lo he vuelto a decir! Perdón, Ze...

—¡Basta ya, lobo gris!
¡Vete de aquí!

A la mañana siguiente, el lobo gris camina por un sendero.
Va farfullando entre dientes:

—¡Vamoz, campeón! ¡Vaz a encontrar una zolución!

Entonces, lo oye una araña suspendida de su tela.

—¡**Guau!** Tu nuevo vozarrón es pre-cio-so.
Qué ceceo más melodioso.

—No te pazez, Multipataz.
Ez muy fácil reírze.
¡Zolo me he tragado una mozca!

—¿Una mosca? Yo las como cada dos por tres.
Y ya ves, estoy muy bien.

«¡Eh! —piensa el lobo gris—, ZE ME HA OCURRIDO UNA IDEA BRILLANTE: zi me trago a Multipataz, ella podrá comerze la mozca. ¡Ez un zuperplán!».

El lobo gris abre la boca y…

¡CLAC, CLAC!

¡Araña tragada
y devorada!

—Ya eztá, ha zido facilíz...
¡Mozquiz! ¡Todavía zigo hablando azí!

De pronto, al lobo gris empiezan a salirle hilos de tela de araña por las orejas.
Los hilos se alargan tanto que llegan hasta el suelo.

El lobo gris los pisa, se tropieza y,
se cae al suelo de cabeza.

¡CATAPUM!,

—¡YA EZTOY HARTO, qué mareo!
No ze me quita el ceceo.
Y encima me zalen eztoz hiloz de laz orejaz...

A mediodía, el lobo gris, anda que te andarás, se adentra en el bosque.

«¡Venga, chaval, tú puedez!
¡Erez un ganador!».

Mientras va caminando por el bosque, un pájaro se fija en él.

—¡**Guau!** Mírate, estás es-tu-pen-do.

¡Vaya clase, qué tremendo!

—No te pazez, Cara de pico. Ez muy fácil reírze.

¡ZOLO ME HE TRAGADO UNA ARAÑA!

—¿Una araña? Yo las como cada dos por tres. Y ya ves, estoy muy bien.

«¡Eh! —piensa el lobo gris—, ZE ME HA OCURRIDO UNA IDEA GENIAL:
zi me trago a Cara de pico, él podrá comerze la araña.
Ezta vez funcionará, zeguro. ¡Un plan piztonudo!».

El lobo gris abre la boca y…

¡CLAC, CLAC!

¡Pájaro tragado y devorado!

De pronto, las patas delanteras del lobo gris
empiezan a agitarse de arriba abajo.
Se pone a gesticular sin parar y no se puede controlar.

¡SCRRR! Se abalanza contra una zarza.

¡BUM! Se choca contra una roca.

—¡YA EZTOY HARTO, qué mareo!
No ze me quita el ceceo, me zalen hiloz de laz orejaz
y, por zi fuera poco, me pongo a aletear como un pájaro loco.

Al atardecer, el lobo gris, magullado y desesperado, camina maltrecho por un sendero.

—¡Pfff! Ezto ez demaziado, eztoy acabado...

En un cruce de caminos se encuentra a un zorro.

—**¡Guau!** ¡Qué e-le-gan-cia!
¡Me encanta tu nueva danza!

—No te pazez, don Zabelotodo.
Me he tragado una MOZCA, una ARAÑA y un PÁJARO.
La barriga me va a eztallar: gorgotea, chizporrotea, picorrotea.

—Me das pena, lobo gris. Te voy a ayudar.
Mira allí, ¿ves esos dos árboles tan pegados?
Intenta pasar entre ellos. Al principio estarás
un poco agobiado, pero luego te sentirás aliviado.

Y el zorro se aleja por el sendero.

El lobo gris intenta colarse entre los dos árboles.
Se retuerce, se despelleja, está demasiado estrecho.

—¡Aaah! ¡Que no quepo!

Intenta liberarse…

—¡Oh, nooo!
¡Eztoy atazcado!

Se pone a empujar, **a empujar…**

… y empuja con tanta fuerza que **¡acaba explotando!**

El pájaro, la araña y la mosca salen disparados.
¡Y el lobo gris por fin se ha liberado!

Por la noche, el lobo gris se planta en medio de sus hermanos:

—Señor, Señor, vas a estar orgulloso de mí. Escucha:

¡AUUU! ¡AUUU!

Qué bien, ¿eh?

—Sí, muy bien **—responde el jefe—.**

Puedes quedarte en la jauría.

Pero no hagas más tonterías.

El jefe se vuelve hacia sus compañeros:

—Adelante, hermanos.

¡Vamos a comer cordero!

–¿BEEEEEE?